3 mai 1875

Vente des Lundi 3 et Mardi 4 Mai 1875,

SALLE N° 8.

OBJETS D'ART

ET DE CURIOSITÉ

TABLEAUX ANCIENS

ET MODERNES

Exposition publique, le Dimanche 2 Mai 1875

COMMISSAIRE-PRISEUR :

Mᵉ **CHARLES PILLET**, 10, rue de la Grange-Batelière.

EXPERTS :

M. **FÉRAL**, Peintre,
23, rue de Buffault;

M. **CHARLES MANNHEIM**,
7, rue Saint-Georges;

CATALOGUE

D'UNE JOLIE RÉUNION DE

OBJETS D'ART

ET DE CURIOSITÉ

Belles pièces d'Orfévrerie exécutées par MM. Fanière et Marrel ;
Bijoux, Sculptures, Émaux
Faïences italiennes et autres ; Verreries ; Porcelaines ; Bronzes ; Plats en cuivre repoussé ;
Cabinets italiens; Lit en bois sculpté ; belles Torchères en bois sculpté et doré ;
Pendules Louis XV ;

TAPISSERIES, TAPIS & ÉTOFFES

TABLEAUX ANCIENS & MODERNES

Beaux Portraits par Ferdinand BOL

DONT LA VENTE AURA LIEU

HOTEL DROUOT, SALLE N° 8,

Les Lundi 3 et Mardi 4 Mai 1875

A DEUX HEURES.

~~~~~~

Par le ministère de Mᵉ **CHARLES PILLET**, Commissaire-Priseur,
10, rue de la Grange-Batelière,

Assisté, pour les Tableaux, de **M. FÉRAL**, Peintre-Expert, 3 rue de Buffault,

Et pour les Objets d'art, de **M. CHARLES MANNHEIM**, Expert,
7, rue Saint-Georges,

Chez lesquels se trouve le présent Catalogue.

~~~~~~

EXPOSITION PUBLIQUE : Le Dimanche 2 Mai 1875.

De une heure à cinq heures.

CONDITIONS DE LA VENTE

———

Elle sera faite au comptant.

Les acquéreurs payeront, en sus des adjudications, *cinq pour cent* applicables aux frais.

L'exposition mettant le public à même de se rendre compte de l'état des objets, il ne sera admis aucune réclamation une fois l'adjudication prononcée.

Paris. — Typ. PILLET fils aîné, rue des Gr.-Augustins, 5.

DÉSIGNATION DES OBJETS

ORFÉVRERIE ET BIJOUX

1 — Petite croix du Liban en bois très-finement sculpté et repercé à jour, offrant sur ses deux faces diverses scènes tirées de la vie du Christ. Elle est montée en argent gravé et offre à ses extrémités des groupes de têtes de chérubins en or émaillé. Le piédestal sur lequel elle repose forme reliquaire, il est en ivoire sculpté incrusté de lapis avec appliques en argent ciselé à ogives et découpé à jour, et il est enrichi de figurines de la Foi, de l'Espérance et de la Charité en argent ciselé.

La monture de cette pièce a été exécutée par MM. Marel frères.

2 — Très-joli coffret en argent repoussé et ciselé, de forme ovale, à deux anses et à couvercle surmonté d'une figurine d'amour à demi couché, tenant un écusson. Il est entièrement couvert d'élégants rinceaux, de fleurs, de trophées et de figures d'amours encadrant des masques de satyres ; le tout en bas-relief et du fini le plus soigné.

Cette pièce remarquable sort des ateliers de MM. Fanière frères.

3 — Jolie buire et son plateau en argent repoussé et ciselé, à fleurs, feuillages et insectes.

La panse de la buire offre une frise représentant des oiseaux de proie attaquant des groupes de figures. L'anse est formée par un lézard dévorant une femme.

Cette pièce sort des ateliers de MM. Marel frères.

4 — Porte-bouquet en filigrane d'argent, à fleurs et ornements. Travail de Gènes.

5 — Manche de cachet formé d'un buste de Flore en argent ciselé, doré en partie.

6 — Cachet en corail sculpté, à figure d'amour et rinceaux, monté en or.

7 — Deux statuettes de génies assis en ivoire.

8 — Éventail chinois en filigrane avec parties émaillées et feuille peinte ornée de faces rapportées en ivoire.

9 — Cassette de forme rectangulaire à couvercle en toit
et à colonnettes aux angles en filigrane d'argent. Travail de Gènes.

10 — Étui Louis XVI en or émaillé gros bleu et plumes
de paon.

11 — Bijou-pendant en or émaillé noir et blanc et pierreries. Époque Louis XIII.

12-14 — Trois montres Louis XVI en cuivre ciselé et
peintures sur émail.

15 — Boîtier de montre de même style et châtelaine en
cuivre doré.

16 — Bijou-pendant en argent doré et repercé à jour, enrichi de grenats et orné d'une peinture sur émail représentant les trois Grâces.

17 — Médaillon peint sur émail, représentant la Vierge et
l'Enfant. Dans un cadre en bronze.

18 — Médaillon rectangulaire à double face, représentant
la mort de la Vierge; peintures sur émail encadrées de
strass.

19 — Deux petites cassettes rectangulaires en fer; l'une
d'elles est gravée, à figures et date du xvie siècle.

20-23 — Vingt peintures sur émail du temps de Louis XVI : cuvettes de montres, cadrans, portraits de femmes et médaillons.

24 — Bourse ornée de deux émaux ronds, cavaliers sur fond noir.

25 — Châtelaine en argent ornée de cinq peintures sur émail.

26 — Éventail Louis XVI, avec monture d'ivoire et feuille peinte.

27 — Treize petits camées, têtes de femmes, pour parure.

28 — Ombrelle chinoise en satin blanc brodé, à figures et avec monture en ivoire sculpté.

29 — Deux jolies miniatures rondes sur ivoire; portrait de femme et portrait d'homme, ce dernier est signé : Chasselat, 1779.

FAIENCES

30 — Fabrique d'Urbino. — Coupe ronde représentant un sujet mythologique; émail brillant.

31 — Même fabrique. — Plateau rond sur piédouche, dé-

coré de grotesques sur fond blanc et d'un écusson armorié.

32 — Même fabrique. — Plateau analogue à figure d'amour au centre.

33 — Même fabrique. — Coupe d'accouchée à couvercle, décorée de figures et de grotesques.

34 — Fabrique de Deruta. — Broc à anse à décor à reflets métalliques mordorés rehaussé de bleu, à imbrications et armoiries.

35 — Même fabrique. — Plat rond à décor de même style.

36 — Même fabrique. — Petit plat à reflets avec buste au centre et ornements au bord.

37 — Fabrique de Pesaro. — Vase en forme de pomme de pin à reflets métalliques.

38 — Fabrique de Caffagiolo. — Deux vases en forme de cornet décorés de branches de lauriers et d'armoiries.

39 — Fabrique de Castel-Durante. — Coupe ronde à bossages, décorée de mascarons et d'ornements, et offrant en outre les figures vues à mi-corps de Mars et de Vénus.

40 — Même fabrique. — Petite coupe à bossage, décorée d'ornements sur fond varié, et offrant au centre une figure d'amour.

41 — Même fabrique. — Deux vases de forme cylindrique, décorés d'ornements et de vase sur fond bleuté.

42 — Même fabrique. — Deux petits vases à anse et goulot, décorés de trophées d'armes et de mascarons. Daté de 1569.

43 — Même fabrique. — Deux bouteilles décorées de rinceaux en camaïeu bleu.

44 — Même fabrique. — Grand vase forme cornet à rinceaux en camaïeu bleu et médaillons saints personnages.

45 — Même fabrique. — Deux cornets de forme surbaissée à décor polychrome.

46 — Fabrique italienne. — Coupe ronde à godrons décorée d'ornements en camaïeu bleu, et offrant au centre une figure de Judith debout rehaussée d'ocre.

47 — Fabrique de Castelli. — Deux cruches à anse et à couvercle, décorées de figures d'amours et de rinceaux et portant un écusson armorié.

48 — Fabrique italienne. — Grande jardinière à panse ovoïde

et à trépied, décorée de sujets mythologiques et sur socle à trois consoles décoré de figures. Travail moderne.

49 — Fabrique de Milan. — Quarante-cinq pièces : plats et assiettes décorés de fleurs, de style chinois.

50 — Fabrique de Castelli. — Cafetière et plat décorés de figures de génies ailés et de fleurs.

51 — Fabrique de Savone. — Salière de forme monumentale, supportée par trois figures d'amours et à décor en camaïeu bleu. Date de 1660.

52 — Fabrique de Trévise. — Deux pièces : cafetière à côtes, décorée de figures et de fleurs, et flacon décoré même.

53 — Fabrique italienne. — Cruche en forme de syrène, à décor en camaïeu bleu.

54 — Fabrique persane. — Ménagère à trois places et à couvercle, à décor en camaïeu bleu.

55 — Faïence allemande. — Cruche en terre émaillée, à figure de Vierge et mascarons en relief sur fond tigré.

56 — Faïence de Delft. — Théière à décor en bleu et rouge.

57 — Même fabrique. — Groupe composé d'une vache et d'une figure de paysanne.

58 — Faïence de Marseille. — Ménagère à trois places, décorée de figures et de guirlandes de lauriers.

59 — Même fabrique. — Deux salières à décor polychrome à fleurs et ornements.

60 — Fabrique de Moustiers. — Sucrier à décor en camaïeu bleu.

PORCELAINES

61 — Douze tasses avec soucoupes dont six de forme haute à anses, en ancienne porcelaine de Buen Retiro, décorées de fleurs de style chinois.

62 — Dessus de brosse en ancienne porcelaine de Saxe, décoré de fleurs et à ornements découpés à jour.

63 — Tabatière en ancienne porcelaine de Saxe, gaufrée à vannerie et décorée de fleurs et de fruits.

64 — Dix tasses avec soucoupes, un sucrier, un bol et une assiette, en ancienne porcelaine de Saxe, décorés de fleurs de style chinois et rehaussées d'or.

65 — Tasse forme droite avec soucoupe en porcelaine de Naples décorée de fleurs.

OBJETS VARIÉS

66 — Trois bas-reliefs sans fond en cire blanche, saint Pierre, saint Paul et l'adoration des bergers.

67 — Deux haut reliefs en cire peinte au naturel, sainte famille et saint Joseph; dans des cadres en bois doré.

68 — Figure de saint Jacques debout en corne noire.

69-72 — Lot de verrerie de Venise et de Bohême, composé d'environ vingt pièces.

73 — Couteau de chasse Louis XV, avec lame gravée et manche en ivoire.

74 — Deux sculptures en bois représentant la création de la femme et le paradis, avec cadres formés de feuillages et de fleurs.

75-97 — Vingt-trois plats en cuivre repoussé de diverses époques. Ils seront vendus séparément.

BRONZES

98 — Deux beaux chenets italiens en bronze à cariatides d'hommes et de femmes sur pied à enroulements et vasos à feux.

99 — Deux grands chenets en fer à tiges torses, pieds à enroulements et boules de cuivre.

100 — Groupe en bronze de style Louis XV, composé de trois figures d'enfants.

MEUBLES

101 — Joli petit cabinet italien à tiroirs et à porte à abattant en bois d'ébène incrusté d'ivoire gravé et garni d'ornements en bronze ciselé. xvie siècle.

102 — Petit cabinet analogue à celui qui précède. Celui-ci est décoré de figures et d'animaux.

103 — Bureau italien en bois noir incrusté d'ivoire gravé à ornements et reposant sur quatre pieds reliés par un entrejambes en X.

104 — Lit en bois sculpté à figures de saints personnages et ornements et garni de lampas. Il est accompagné de son sommier.

105 — Meuble vitrine à tiroirs dans le bas, en marqueterie de bois à fleurs. Travail hollandais.

106 — Cadre Louis XIII en bois noir à moulures guillochées.

107 — Fauteuil entièrement couvert en satin vert.

108 — Pendule Louis XIII, forme dite religieuse en marqueterie.

109 — Coffret en os gravé et découpé à jour.

110 — Deux belles torchères du temps de Louis XIV, en bois sculpté et doré, composées chacune d'une figure de guerrier debout.

111 — Pendule et son socle-support du temps de Louis XV, décorée de fleurs peintes sur fond noir et garnie de bronzes.

112 — Pendule analogue à celle qui précède; celle-ci est décorée de figures et d'ornements sur fond bleu.

TAPISSERIES ET ÉTOFFES

113 — Grande et belle tapisserie du xvi⁰ siècle à sujet de personnages et à riche bordure à figures, fleurs et ornements.

114 — Douze mètres gros de Tours à fleurs brochées en or et en couleurs sur fond vert.

115 — Deux coupes et trois fragments de beaux lampas à fleurs et ornements brochés sur fond jaune d'or. Époque Louis XIV.

116 — Coussin en velours à dessins gris de fer sur fond jaune.

117 — Tapis de table en point de Hongrie.

118 — Cinq morceaux de soie moirée blanche brodée au passé, à fleurs et ornements en soies de couleurs et or. Époque Louis XIV.

119 — Lot de bandes festonnées en point de Hongrie.

120 — Lot de galons en velours de Gênes et autres.

121 — Jupe de robe composée de six lés en étoffe de soie à fleurs et ornements brochés en or et couleurs sur fond rouge.

122 — Bel habit du temps de Louis XVI, en drap noir brodé à fleurs en soies de couleurs.

123 — Trois beaux gilets brodés en soies.

124 — Cinq tapisseries verdure.

125 — Grand panneau de tapisserie : Vase de fleurs.

126 — Autre tapisserie, colonnes et vase de fleurs.

127 — Deux tapisseries à figures.

128 — Grand tapis d'Orient, mesurant 7 mètres de long, sur 2 mètres 50 cent. de larg.

129-135 — Sept tapis d'Orient variés de dessins. Ils seront vendus séparément.

136 — Encadrement de tapisserie à fleurs et ornements. Larg., 3 m. 60 cent.; haut., 2 m. 80 cent.

137 — Fort lot de bordures en tapisserie.

138-139 — Deux tapis de prière avec applications et broderies sur fond gris.

140 — Tapis de table en point de Hongrie.

141 — Robe chinoise en satin bleu brodé.

142 — Autre robe à fond rouge.

143 — Partie de tenture en soie jaune et blanche à fleurs peintes.

144 — Robe persane en soie.

145 — Divers lots de soieries pour tentures.

146 — Beau tapis de table richement brodé en soies de couleurs, à fleurs, oiseaux et ornements sur fond rouge. Travail chinois.

———

TABLEAUX

ANCIENS & MODERNES

BELLION (G.)

147 — Paysage avec animaux.

> Un troupeau de vaches, sous la garde d'une femme, se repose dans un pré; deux d'entre elles se désaltèrent dans un cours d'eau bordé de saules.
> Signé.

148 — L'abreuvoir.

> Signé.

149 — Animaux dans une prairie près d'un cours d'eau.

> Signé.

BIARD

150 — Les inconvénients d'un voyage d'agrément en Espagne.

Tableau ayant figuré au Salon de 1844.

BOL (FERDINAND)

151 — Portrait d'un artiste.

Vu de face jusqu'à la ceinture et accoudé sur une balustrade; il est coiffé d'un chapeau garni de pierreries, vêtu d'un habit jaune avec manteau rouge et porte un médaillon sur sa poitrine; de la main gauche, il tient une palette et des pinceaux.

Toile. Haut., 105 cent.; larg., 83 cent.

BOL (FERDINAND)

152 — Portrait de femme.

Vue à mi-corps, elle est accoudée sur une balustrade de pierre; coiffure noire garnie de perles, collier et pendants d'oreilles; vêtue d'une robe en soie noire décolletée avec fichu et manches en mousseline blanche.

Toile. Haut., 105 cent.; larg, 83 cent.

BONINGTON

153 — Bords de la Loire dans les environs de Nantes.

> Des barques amarrées au rivage, des arbres et, au loin, les deux tours d'une église.

> Toile. Haut., 24 cent.; larg., 31 cent.

BONINGTON

154 — Bords de la mer.

> Plusieurs barques de pêcheurs côtoient le rivage sur lequel on aperçoit quelques maisons adossées à de hautes falaises.
> Signé du monogramme.

> Toile. Haut., 21 cent.; larg., 31 cent.

BONINGTON

155 — Marine.

> Des barques sont amarrées et une voile est étendue sur le rivage.
> Signé du monogramme.

> Bois. Haut., 22 cent.; larg., 30 cent.

BONINGTON

156 — Paysage.

Il est traversé par une route plantée d'arbres sur laquelle s'avancent des bœufs.

Toile. Haut., 27 cent.; larg., 34 cent.

BONINGTON

157 — Bords de la Loire.

Sur le rivage on aperçoit une église, et deux moulins sur des collines éloignées.

Toile. Haut., 24 cent.; larg., 36 cent.

BONINGTON

158 — Vue de Saint-Cloud.

Toile. Haut., 17 cent.; larg., 31 cent.

BONINGTON

159 — Vue d'une large et haute construction.

Bois. Haut., 24 cent.; larg., 30 cent.

CABAT

160 — Cour de ferme.

COIGNIET

161 — Chute d'eau sous bois.

COURT

162 — Montagne d'Olivano.

Etude.

COUTURE

163 — L'Amour de l'or.

Esquisse.

COYPEL

164 — Vénus et Adonis.

165 — Pyrame et Thisbé.

166 — Acis et Galathée.

COYPEL

167 — Angélique et Médor.

Ces quatres médaillons sont encadrés dans de riches bordures en bois sculpté avec frontons du temps de Louis XIV.

Toiles ovales. Haut., 60 cent.; larg., 50 cent.

168 — La Toilette de Vénus.

169 — Pan et Syrinx.

170 — L'Enfance de Bacchus.

171 — Vertumne et Pomone.

Ces quatre dessus de portes sont encadrés dans de riches bordures en bois sculpté avec frontons du temps de Louis XIV.

Toiles. Haut., 80 cent.; larg., 120 cent.

DUPRÉ (Genre de JULES)

172 — Avenue plantée de chênes.

ENGLER

173 — Chevaux de labour.

174 — Chevaux et chiens au repos.

EVERDINGEN

175 — Marine.

> De nombreuses barques avec voiles et pavillons côtoient le rivage sur lequel on aperçoit la cathédrale, des maisons et les moulins de Dordrecht. Signé I. V. D.
>
> Bois. Haut., 73 cent.; larg.,105 cent

JOYANT (JULES)

176 — Port et quai des Esclavons.

177 — Grand canal à Venise.

LARGILLIÈRE

178 — Portrait d'homme.

> Vu de face jusqu'à la ceinture, debout, cheveux poudrés, cravate en mousseline blanche et large manteau bleu.
>
> Fond de paysage.
>
> Toile. Haut., 80 cent.; larg., 65 cent.

LARGILLIÈRE

179 — Portrait d'une dame de la cour de Louis XIV.

> Vue jusqu'à la ceinture et assise de face, cheveux poudrés et frisés, robe en velours bleu, décolletée, garnie de passementeries dorées; manteau rouge.
>
> Fond de paysage.
>
> Toile. Haut., 62 cent.; larg., 50 cent.

MANTEGNA (Ecole de)

180 — Bataille.

MERY (EUGÈNE)

181 — La Cuisinière.

> Assise près de son fourneau, elle est en train d'essuyer une casserolle de cuivre.
>
> Signé et daté 1875.

PUJOL (ABEL DE)

182 — Jupiter foudroyant les vices.

> Esquisse du plafond de Fontainebleau.

ROUSSEAU (PH.)

183 — Nature morte.

ROZIER (JULES)

184 — Animaux traversant un bois.

SASSO-FERRATO

185 — Madone.

SOLIMÈNE

186 — L'Enlèvement des Sabines.

UDEN (VAN) ET TÉNIERS (DAVID)

187 — Paysage avec figures.

> Joli tableau du maître dont les figures sont de David Téniers.
>
> Toile. Haut., 45 cent.; larg., 62 cent.

VERNET (Attribué à JOSEPH)

188 — Pêcheur de Terracine. Effet de matin.

ÉCOLE ITALIENNE

189 — Grand triptyque représentant au centre :
l'Annonciation, et sur chacun des volets, un
saint personnage.

ÉCOLE FRANÇAISE

190 — Portrait d'une des nièces de Mazarin.

191 — Portrait d'une autre nièce de Mazarin.

192 — Portrait de Marie-Antoinette.

193 — Portrait de femme tenant une rose.

194 — Jeune fille tenant des pêches.

195 — Portrait de femme.

ÉCOLE ITALIENNE

196 — Portrait du duc d'Urbino (François-Marie).

197 — Le Golgotha.

198 — L'Enfant Jésus étendu sur un drap.

199 — Portrait de Raphaël.

199 *bis* — Portrait de femme en riche costume
du xvie siècle.

AQUARELLES & DESSINS

ANDRIEUX

200 — Revue passée par M. le maire.

201 — A Bullier.

Aquarelle.

BELLANGÉ (genre de H.)

202 — Le retour du soldat.

Sépia.

GABAT

203 — Chêne près d'une mare.

Aquarelle.

DAVID (LOUIS)

204 — Paysage avec cavalier.

Aquarelle.

DECAMPS (Genre de)

205 — Paysage.

Aquarelle.

FORT (SIMÉON)

206 — Paysage.

Aquarelle.

GÉRICAULT

207 — Nègre à cheval.

Dessin à la plume rehaussé de blanc.

GIRAUD (EUG.)

208 — Femme romaine.

209 — Moine en prière.

GRANDVILLE

210 — Frontispice des fables de Florian.

Dessin à la plume.

211 — Le Maître d'école.

HAUDEBOURT-LESCOT (Mme)

212 — La Fête de Noël, à Rome.

Aquarelle.

INGRES (attribué à)

213 — Portrait présumé de l'artiste.

Crayon noir.

MARILHAT

214 — Femmes arabes.

Aquarelle.

MARNY

215 — Deux aquarelles.

NICOLLE

216 — Église Saint-Jean et Saint-Paul.

217 — Le temple de Vesta, au bord du Tibre.

Dessins.

PANNINI

218 — Arc-de-Triomphe de Drusus.

219 — Ruines.

Encre de Chine.

PILLEMENT

220 — Deux paysages avec animaux.

Crayon noir.

PUJOL (ABEL de)

221 — M. et Mme Denis.

222 — Jeune fille à la fenêtre.

Crayon noir.

ÉCOLE FRANÇAISE

223 — Portrait de Molière.

> Dessin au crayon pour servir de frontispice aux œuvres de Molière.

224 — Tête de femme.
> Sanguine et crayon noir.

ÉCOLE MODERNE

225 — Le Pont-Royal et les Tuileries.

> Aquarelle.

RED.:

21

MIRE ISO N° 1
NF Z 43-007
AFNOR
Cedex 7 - 92080 PARIS-LA-DÉFENSE

0 1 2 3 4 5 6 7 8 9 10

BIBLIOTHEQUE NATIONALE DE FRANCE

****

CHATEAU DE SABLE 1995

Imprimé en France
FROC032322240919
22241FR00009B/232/P